목비

이 도서의 국립중앙도서관 출판시도서목록(CIP)은 e-CIP 홈페이지
(http://www.nl.go.kr/ecip)에서 이용하실 수 있습니다.
(CIP 제어번호 : CIP2013020952)

목비

글쓴이 / 황동상
펴낸이 / 孫貞順
펴낸곳 / 모아드림

1판 1쇄 / 2013년 10월 24일

서울 서대문구 북아현3동 1-1278
전화 / 365-8111~2
팩시밀리 / 365-8110
E-mail / morebook@morebook.co.kr
http://www.morebook.co.kr
등록번호 / 제2-2264호(1996.10.24)

ⓒ황동상
ISBN 978-89-5664-164-5

값 8,000원

모아드림 기획시선 144

목비

황동상 시집

모아드림

어린 시절 너는 커서 무엇이 되겠냐라는 물음에 농부가 되겠다고 대답을 했었다. 철이 들면서 너는 커서 무엇이 되겠냐라는 물음에 길목이 좋은 슈퍼 주인쯤 되겠다고 대답을 했었다. 물질이란 것은 우리들에게 너무도 필요한 수단이라고 생각했었다.

더 철이 들면서 너는 커서 무엇이 되겠냐라는 물음에 선생이 되겠다고, 시인이 되겠다고 대답했었다. 왜냐하면 아버지처럼 전문적인 농사짓는 법을 깨쳐 어두운 뒷골목의 버려진 것들을 그려내고 싶었기 때문이다.

6년 만에 두 번째 시집을 선보인다. 독자들이 맛있게 먹어야 잘 지어진 밥일 것이다. 그러나 나에겐 더 큰 내적 성숙의 계기가 되고, 한 걸음 나아갈 수 있는 시작이 되기를 바라면서 시집을 내 놓는다.

2013년 10월, 청평 작은 방에서
황동상

차례

시인의 말

1부 지금 봄이야

2부 이메일

3부 목비

4부 스팸메일

1부 지금 봄이야

도리깨질

멍석 위에서
도리깨질을 한다
쭈글쭈글한 지갑 속에서
한 세상 외로움들이 털려 나온다
하늘가에 매달린 바람으로
외로움들을 까부른다
눈물도 외로움 속에서 생겨나고
사랑도 외로움 속에서 생겨나고
희망도 외로움 속에서
유년의 골짜기를 지나
어느 언덕에서 까부른
질풍노도
한 알, 한 알
깨끗이 씻어서
밥상 위에 얹어 놓으면
환하게 웃어 줄까 싶어
계절을 가리지 않고
사람을 가리지 않고

호되게 도리깨질을 한다
쭈글쭈글한 지갑 속에서
오래된 슬픔들이
오래된 미움들이 털려 나온다

처음 내리는 눈

때를 놓쳐
햄버거 한 조각을 들고
늦가을 거리에서
오랜 친구를 만났다
내가 안아 주지 않아도
나를 따뜻하게 껴안아 주었다
행선지가 같아
지하철을 갈아 탈 때마다
동행했던 여자의 눈빛에
치한이 되어 버린 날에
오랜 친구를 또 만났다
반갑단 말도 못하고
헤어졌지만
오랫동안 뜨거웠다

잎새 없는 꽃

짧은 봄날
사람들 많은 공원에 앉아 바라보았다
눈이 있었으나
귀가 있었으나
너희들을 볼 수도 들을 수도 없었다
문방구에 진열된 로봇처럼
화창한 봄날 서글프게 앉아 있다
잎새 없이 꽃을 피운 봄꽃이
등 뒤에서 말을 걸어온다
너도 한번 꽃을 피워 봐
더 늦기 전에

손에는 삼팔광땡을 잡고도
재촉의 소리에 늘 불안했는데
베스트셀러는 못 되지만
사람들에게 실컷 고기를 구워 주지는 못하지만

봄날 공원에서
사람들 틈에 끼여 있을래

십 년

십 년이 지나면
세상도 바뀐다는데
우리들은
무엇을 바꾸고 살았을까
살아가는 일이야
오늘이나 내일이나 다를 게 있었을까
삼십 분 안에 볼일을 다 보고
환승에 환승을 하고
또 지하철을 타는 우리들
다시 십 년이 오면
우리는 무엇을 바꾸고 살까
가난하면 가난한 채로
나이를 먹으면 늙어가는 채로
세 끼 밥은 먹고 살겠지만
푸르른 하늘같이
십 년이 지나고 또 십 년이 지나도
똑같은 사람들을 만나며 살고 싶다

서울 노동자

늦은 토요일 저녁
온수행 칠호선 지하철에서
이비에스교재를 펼쳐놓고
교재 연구를 하는 학원 강사를 보았다
퇴직금, 잡무수당, 월차가
사대보험이 그들에게 있는지는 알 수 없으나
집으로 돌아오면서까지
잠과 싸우면서
언어 문제를 풀고 있는 노동자
남들은 다 놀고 있는 놀토에
일요일도 없이
매일 꿔다 논 보릿자루처럼
뭇매만 맞고 있는 노동자들
밤 열 시 이후에는
강의를 할 수도 없는
언젠가 있었던 어느 공화국의 슬픈 이야기처럼
모두들 열 시만 되면 일렬로 퇴실을 시키고
정부에서 시키는 대로 일사분란하게 퇴근을 해야 했다

만약 열 시를 일 분이라도 넘기는 날에는
어떤 일들이 일어날지
우리는 너무 잘 알고 있다
늦은 일요일 저녁
또
온수행 칠호선 지하철에서
이비에스교재를 펼쳐놓고
교재 연구를 하고 있는 학원 강사를 보았다

노약자석

600번 버스를 타고
무심결에 앉아 버린 노약자석
풍선처럼 부풀어 가는 퇴근길
밀려오는 피곤기에
어릴 적 병석에서 먹었던 흰죽처럼 퍼져가고 있었다
버스를 탄 사람들은
모두가 노약자가 아니냐고,
눈을 풀고
침을 뚝뚝 흘려도
여기 저기 돋아나는 가시들
노약자석에 앉아있는 노약자나
노약자석에 앉아 있는 젊은이나
일반석에 앉아 있는 사람들은 모두
각자
자기만의
방석을 깔고 누워
엠피를 하고 디엠비를 보고 게임을 하고 문자를 전송하
고 있다

노약자도 아닌데
한겨울 어릴 적 병석에서 먹었던 흰죽처럼 푹 퍼져가고
있다

소주를 마시며

다 저녁
둘러 앉아
세상을 만난다
침을 튀겨가며
너에 대하여 성토를 해 보기도 하고
옛날의 옛날의
사랑을 수첩에서 꺼내 뒤집어 보기도 했다
자정이 가깝도록
아침이 올 때까지
세상에 간 맞추어 소주를 마신다
사랑이 씹혀지고
상사가 씹혀지고
대통령마저도
알맞게 간을 맞춰가며 질겅질겅 씹었다
간혹
씹히지 않는 그것들이 있어
나의 사랑이 되고
우리들의 등대가 되고

어려운 세상 사람들의 별이 되기도 했다
서울살이
세상살이
곤죽이 되어
씹혀지지 않는 것들을 향해 긴 묵념을
한다
별들을 안주 삼아
소주를 마신다

지금 봄이야

봄날
밤새도록 함박눈이 내렸다
사는 게 늘 배추꼬랑이처럼
왜 추워야만 하느냐고 입버릇처럼 말하던
시인이 날 찾아 왔다
봄이라더니
함박눈이 세상을 먹어 버렸다고
우리도
이 찬 소주를 마셔 없애버리자고
이까짓 세상 눈물쯤이야
닦아 버리면 그만 아니냐고
밤새 전신주 옆에서
나의 등을 두드려 주었다
우리들의 쏟아지는 눈물이
우리들의 뜨거운 눈물이
세상의 추운 것들을 녹여 내고 싶었다

삼복더위

혓바닥을 길게 늘어뜨리고
도망을 했다
아무리 달려가도
몸을 숨길 구름조차
허락하질 않았다
그늘을 찾아보다
청춘을 떠나보내고
서른마저 잃어 버렸다
세상 어디에도
따뜻한 밥 한 그릇
주는 이 없었다
누가, 누군가가 만들어 주는 것도 없었다
내가 스스로 그늘을 만들어야만 한다
햇볕에 마음 상하고
긴 눈물이 나도
다시 한 번 힘을 내 본다
산다는 것은
삼복 더위마냥
숨을 몰아쉬는 일이다

추석에

가기 싫어하는 아이들을 데리고
벌초를 하러 간다 파닥거리는 가을볕에
부끄럽게 과일 몇 개를 내어 놓고
짧게 머리를 깎아 드린다
어설픈 갈퀴질에
가을은 하나 둘씩 몸을 내어 놓는다
여인네들에게 밀려 여인네들과
송편을 만든다 지글거리는 프라이팬 위에
알몸을 다 드러내는 추석에
손맛으로 격식을 갖춘다
어설픈 남정네들 솜씨에
어머니는 이 명절에 더 많이 삶을 내어 놓는다
바쁘다는 핑계로
제사도 한꺼번에 지내자는,
콘도에서 제상을 받아야 하는
퉁명한 추석에
부끄러움도 없이 궁둥이를 하늘로 올리고
절을 드린다

우박

누군가가 화를 내고 있나 보다
왜 돈을 숨겨 두었니
세탁기에 넣고 자꾸 돌리니까
고장난 거야
누군가가 이별의 눈물을 흘리고 있나 보다
한겨울에 왜 떠나 보냈니
따뜻한 봄바람에 실어 보내지
온 천지가 눈물이잖아
누군가가 이승을 떠나가고 있나 보다
노잣돈은 좀 충분히 주었니
가다가 커피라도 한 잔 사 먹어야 봄비가 되지

누군가가
울고 있다

삼겹살

신선한 남의 알몸을
뒤집어 갈 때
사람들은 감탄사를 넣는다
금방 재가 되어 버릴
숯불과
까맣게 고철이 되어가는
불판과
주변 사람들의 이야기들이
누워 있다
지독한 상처들이 뒤척이고
오래된 사랑들이 뒤척이고
우리들도 까닭도 없이 뒤척인다
세상의 군침들이
내 입으로 다 고여도
잠시 기다렸다가
살점 하나하나 뒤집어 가면
세상 이치가 다 내 앞에 있다
울고 웃고

울고 웃고
신선한 남의 알몸을
뒤집어 갈 때
사람들은 감탄사로 말한다

따뜻한 삼월에 내리는 눈

어린 시절 궁금했다
스무 살에 사는 사람들은 무슨 생각을 하는지

철이 들면서 또 궁금해졌다
서른 살에 사는 사람들은 무슨 생각을 할까

어느 날

어느 날인가
42.195km가 아닌 21.097km쯤 왔을 때
광화문 거리에서 노출된 아버지들의 외로운 등허리
연일 철거에 어두워만 가는 피맛골에서
촉수를 더듬거리며 밤새 맛술을 마시는 갑각류들
어느 새 별도 없는 서울 하늘 아래 연체동물이 되어
집으로 돌아가는 가장의 뒤통수를 본다

담배 한 모금
담배 두 모금

귀하는 3월 1일 부로 명예퇴직 됨을 알려드립니다
핸드폰 문자가 찬송가처럼 울려 퍼질 때

내 마음 속에 흐르는
강물의 깊이는 얼마쯤 될까
혹시 속이 훤히 다 보이는 냇물은 아니었을까
다 말라버려 검은 폐유만 가득하지는 않겠지
자꾸 궁금해진다

따뜻한 삼월에 내리는 눈이
아버지처럼
연체동물처럼 끈적끈적하다

시를 까먹으며

시인들은 모여서 먹을 것 없는
시인들의 이야기를 한다
먹을 것이 없어야 시가 써진다는 선배의 말을 믿고
오직 시만 까먹으며
읽어 줄 리 없는 세상에 담요를 깔고 누워
따뜻해지라고
알 수 없는 별에서 온 외계인처럼
늦도록 끊어진 교신을 시도한다
사람들은 참 많은 것을 까먹으며 살아간다
이별도 까먹고
사랑도 까먹고
돈도 까먹고
무엇이든 까지는 것이면 먹는다
그러나 시만은 까 볼 생각을 하지 않는다
호두처럼 잘 까지지도 않는 시
밥 없는 날
옷 없는 날
사랑마저도 없는 날

시만 까는 우리들은 누구에게도 눈길 한 번 받지 못하는
외톨이었다
아무도 알아보지 않는 점자들을
온 방에 빽빽하게 그려 놓고는
몇 날 며칠 말술을 마신다
술 취해 돌아온 날
알아볼 수 없는 무선부호들을
알아볼 길 없어
침을 뱉어 보기도 하고
눈물을 질질 짜 보기도 했다
눈물이 너무 짜서 그랬을까
이상하게도 거기에 사람들도 사랑들도
모두 모여 놀고 있었다
시를 까먹는 것은
세상 사람들의 차가운 손을 먼저 잡는 일이다

장마

너무 많이 먹어
탈이 났다

꼭 먹어야 할 것만
먹어야 하는데

빌려 온 것들
모두 돌려 줘야 하는데

혼자만 살다가
혼자만 가지려 하다가
배탈이 났다

2부 이메일

이메일

우표를 붙이지 않아도
배달은 걱정 없다

알파벳만 눌러 주면
언제라도 이메일을 보낼 수 있다
사진도 가고 시도 가고
사랑도 가고 이별마저도 간다

등기보다 더 정확하게
속달보다 더 빠르게
받아보지만

조금만 천천히
사랑을 부치고 싶다

이별 통지도
좀 늦어졌으면 좋겠다

첫날

송구영신
송구영신
핸드폰 문자가 배달되었다
치킨만 배달되는 줄 알고 살아왔는데
피자만 배달되는 줄 알고 살아왔는데
버튼만 누르면
사랑도 흔적 없이 사라져 버리고
버튼만 눌러주면
안 되는 것이 없는 첫날
아침에
밥상에 놓인 만둣국을
수저로 퍼 올리면서
나도 몰래 핸드폰을 든다

근하신년
근하신년
새해 아침에
따뜻한 국 한 사발을 찍는다

봉문스님

스님을 만나고
돌아온 날

봉문스님이 내어 주신
차 한 잔에
마음을 덜어 놓고 온 날

모두 버리고 간
이야기들을
한 짐 가득 지시고는
한 밤 내내 독경讀經을 외신다

봉문스님이 내어 주신
차 한 잔에
나를 잃어 버렸다

아무리 세탁해도
때가 지지 않는 마음에

여여如如한 마음을
담아본다

도솔암 1

취중에 들은
얘기를 취중에 쓴다

술이 깨면
여인은 도솔암으로
돌아갈 것 같아서

술에 취해,
마애불 앞에서
천배를 올리는
여인의 얘기를 본다

업장소멸

도솔암 2

한 굽이 돌아가면
또 한 굽이가 있다

언제나 구부러진
속가俗家의 길
양장구절

뚝뚝 떨어지는
눈물 줍지도 못하고

가파른 돌길
내원궁에서

홀로 떨어지는 눈물을
말리고 있는 여인을 본다

지장보살좌상을
본다

업장소멸

업장소멸

45

피맛골에서 1

너도 나도 구정물일 때
잠시 피맛골로 들어가 술추렴을 한다
좀 많이 아는 사람보다
좀 어눌하게 막걸리를 기울이면
여기가 무릉이겠지
열차집을 나와
소문난집에 들어서면
사람들의 냄새가
사탕처럼 녹는다
고독한 사람은 외롭지 말라고
가난한 사람은 배고프지 말라고
그리워하는 사람은 달려가 만나 보라고
맥주 서너 잔 권하다 보면
한 밤이 가고
한 해가 또 간다

피맛골에서 2

시인에게
술값을 많이 받으면 죄가 된다
가끔은 낙하산을 탄 이들이
금준미주를 대접하지만
횡보 선생님이 걸어가듯
조금은 비틀거리며
가야겠다
지금 이 길이
이해인 수녀님의
맑은 세상 속이었으면 한다

크리스마스

종로 3가 탑골 공원 맞은 편
만국기가 칼바람에 날리고 있다
우리들 키보다 높게 올라가
옛날 어머니마냥 허공으로
키질을 해댄다
송구영신
송구영신
하늘 위로 때 묻은 슬픔들을
까부르고 있다
크리스마스에 만국기가
우리들의 온몸에 묻어나는
외로운 물감들을 털어주고 있다

땅 끝 마을

더는
갈 곳이 없어서

그리움
털어 버리려고

한하운 선생이
눈물 뿌리던
전라도 길
황톳길을
따라 갔다가

시뻘건 동백만
끝없이 삼키고

다시 돌아 섰다

시간

운동회날 달리기를 하듯
달려 왔다
시간은 항상 그 자리에서
유년의 꽃밭에 물을 주며 자라는 줄 알았다

언제부턴지
너무 멀리 온 게 아닐까
얼마나 더 가야 할까
되돌아 갈 수는 없을까
반문해 보아도

살아 온 흔적을
안경을 닦듯 지울 수도 없는데
시집 온 아내를 친정으로
돌려보내는 것도 도리가 아닌데

나는 그 자리에 서 있기만 했었는데
시간이 먼저 갔는지

시간은 그 자리에 서 있기만 했었는데
내가 먼저 갔는지

아무리 잡아도
아무리 잡아도
봄 가을이 오는 소리를 알 길이
없다

시간은 항상 그 자리에서
유년의 꽃밭에 물을 주며 자라는 줄 알았다

콩나물

시루에서 갓 건져낸
음표들

누군가가
오선지 위에 걸어 놓았다

언제나 높은음자리에서
아주 매운 연주가 범벅이 된다

인생을 저당 잡은 한 사람에게
따뜻한 사랑의 편지를 쓴다

살아 온 것보다
살아 갈 일이 너무 멀어
눈물이 날 때가 있다

이분음표 몇 개를 띄워 놓고
미움도 사랑도 독하게 섞어서
아침 밥상 앞에 앉았다

강

늦은 밤 혼자 산 속을 헤매고 다녔다
폭설로 길은 끊기고
세상은 어둡기만 했다
누구에게 길을 물어도
대답해 줄 단 한 사람이 없다
한 방울 한 방울
봄이 겨울을 녹이고 있다
어느 결에 한 친구를 만나고
어느 결에 또 한 친구를 만났다
폭설과 맞서 싸울수록
선생님들이 학생들이 이웃들이
모두들
왔다
어깨동무하고
누구든 함께 길을 걸었다

반딧불

아파트 베란다마다
반딧불이 한 마리씩 살고 있다
안방에서 떨려나고
거실에서 떨려나고
깊은 밤 한숨과 함께 피어나는 불빛
밖에서는
온몸에 촛농을 들이 부으며
맨발로 살얼음판에
대꾸 한마디 못하고 서 있다
코카서스 산에서 쇠사슬에 묶여
날마다 간을 뜯어 먹히는 프로메테우스
따뜻한 이불을
덮어 주고자 했다
외로움들이 작은 불빛이 되어
어느 자리 하나 편히 서 있을 곳 없는 반딧불들이
베란다에서 별들을 총총히 구워낸다

뜀틀

뜀틀을 이십오 미터 앞에 세워두고
모두가 도움닫기를 시작한다
선생님은 말씀하셨다
전력질주를 해야 더 높이 더 멀리 뛸 수 있다고
인생의 도움닫기는 한 번 뿐이라고
누구든 해 본 적이 없고
처음 해 보는 일인데 서툴지 않겠느냐고
반문의 반문을 해 보았으나
선생님은 단호하게 한 번의 기회만을 주셨다
노래를 좋아하는 아이에게도
수학을 좋아하는 아이에게도
역사에 관심이 많은 아이에게도
외국어에 관심이 많은 아이에게도
시를 잘 쓰는 아이에게도
모두 똑같이 육년 내내 삼년 내내
잘 사는 법만 배워야 했다
재빠르게 달려가서
상권을 선점하고 재산을 늘려가는

남의 것을 빼앗아 먹고는
우아하게 착지하는
위풍당당
나도 선생님 말씀처럼
쏜살같이 달려가서
손 짚기를 하고 힘차게 발을 굴러
공중으로 높이 뛰어 올라
박수를 받으며 착지를 해 보고 싶었다
늘
그러나
선생님 저는 그렇게 가르치지 않을래요
도움닫기를 하다가 넘어지거나
아무리 애를 써도 느릴 수밖에 없는 아이들에게
뜀틀 말고 다른 것을 가르쳐 줄래요
꼭 가르쳐 주신 순서대로 해야 하는 건 아니잖아요
기둥을 받치고 있는 수많은 작은 돌들은
생의 이유가 없는 건가요
노래하고 싶은 아이에게 노래를

역사를 배우고 싶은 아이에게 역사를
연애를 하고 싶은 아이에게 연애를
비록 지금은 더듬거리지만
더듬거리며 가르칠래요
시인이 얼마나 사람들을 행복하게 만드는지를
사람이 살아가는 이유가 무엇인지를
더듬거리며 말해 볼래요

경포대에서

커다란 도마 위에서
하얗게 부서지는 밀가루들
힘찬 햇살에
하얀 밀가루가 농익어 갈 것 같은
한여름
서울살이
여기저기 다친 곳도 많지만
바다가 주는 수제비 한 그릇에
잊어버렸다

3부 목비

아침밥

펄펄 내리는 눈송이를
밥주발에 가득 담고 싶어 했습니다

펄펄 내리는 눈송이를
쌀독에 가득 담고 싶어 했습니다

사남매
아홉 식구에게
한 겨울 앞마당에
아침밥을 가득 차려 주셨습니다

목비

커다란 빗자루로
마당을 쓸었습니다

윤기가 나도록
하늘부터 땅 끝까지
세상을 닦아 놓았습니다

어머니가 식구들을 기다리며
밥상을 차리셨습니다

온 가족이 마주 앉아
저녁을 먹다가

마당으로 하늘로 달려 나가
아버지의 깊은 눈 고랑에 말없이 앉았습니다

지천명

세월은 맑은 아침 숲 속을 지나
너절한 잡목 숲을 거닐다가
깊은 주름 속에 숨어 버렸다
자꾸만 늘어가는
흰 머리카락에
책망하던 사람이 있다
나이들수록
이가 시린 이 고독은 감추기 어렵고
아직도 소를 몰고 있는 목동이라니,
암자에 걸려있는
십우도를 바라다 본다
언제쯤
세상을 다 배울 수 있을지
아내의 흰 머리카락에
울컥인다
흰머리 좀 나면 어때요
사는 게 좀 힘들면 어때요
당신은 사람들을 따뜻하게 만드는
시인이잖아요

휴휴암

속초 가는 길에 휴휴암에 들러
지혜관음보살 앞에서 삼배를 올린다
서울에 살아서 그런지
가끔은 어머니 젖을 한 번 만져 보고 싶을 때가 있다
일 년에 대여섯 번
어머니 뵐 날이
이제 스무 날쯤은 될는지
어머니 옆에 누워
젖가슴에 손을 넣는다
멍석 같은 손이 내 얼굴을 만진다
내 새끼
내 새끼
속초 가는 길에 휴휴암에 들러
지혜관음보살 앞에서 백배를 올린다

어머니의 방백

석가가 연꽃을 들자
가섭이 빙그레 웃는다

기원전 어느 마을
아무도 알아들을 수 없었던
수많은 경전들

사랑 이야기라도
토해내듯
날마다 설법을 한다

어떤 이는 더럽다 하고
어떤 이는 코를 잡고 간다

손가락질을 하면서

팔공산 갓바위 불상인데

염화미소

어머니의 말씀

아범아
내년에는 농사를 그만할란다
승용차 안에는 벌써
오일장이 선다
여기저기서
어머니가 뛰어 나온다
내년을 기다려봐도
후년을 기다려봐도
어머니의 말씀
끝나지 않았다
한 포기 한 포기
끝없이 노둣돌을 만드시는
어머니를 본다

아들 1

비바람이
천둥번개가
세상 사람들이
날
못살게 굴어도
나는
좋다
서울살이
오아시스도 없는 사막이라지만
그 가운데 앉아서
피고름을
짜내도
네가 있어
나는 좋다

아들 2

마음 다치지 말라고
꾸짖는 거야

길을 걷다 보면
일기예보가 틀려
비를 맞거나
폭설에 미끄러지기도 하지

그때마다
한 손엔 지도를 펴 주고
한 손으론 나침판을 줄 수는 없잖니

늘 교과서에 실려 있는 대로
세상이 읽혀지지는 않는 거야

이차선 도로가
아무도 모르게 일차선이 되고
가해자가 피해자가 될 수도 있단다

그래서
가르쳐 주려는 거야

그러다보면
일기예보도 맞고
일차선이 다시 이차선이 되지 않겠니

새해 아침

잊어버릴 건 잊고
살라고

시작의 일기를 한 번
써 보라고

어려운 사람들
좀 낮은 곳에서 사는 사람들
버림받은 연인들
실패한 이들

모두 한번 다시 해보라고
창호지에
하얗게 파랗게
새해가 온다

다 부자 되라고
누구든 따뜻하게 손잡아 주라고

핸드폰으로 문자를 배달한다

아버지께 문안 인사를 간다

기말고사

예전에는 몰랐다
얼마나 뜨거웠는지

성적표를 감추고 감추다가
들켜버린 날
진눈깨비가 내렸다

마루에서 무릎을 꿇고
성의 없는 반성문을 써 내려갈 때
어머니의 눈물과
아버지의 회초리
미움만 쌓여갔다

낙숫물이 댓돌을
뚫을 수 있다는 것을 알지 못했다

우리들은
날마다 셈을 하고

날마다 주식을 사고
살아가는 일에 만족하지 못했다

유행가도 변하고
사랑마저도 날마다 바뀌어가는 오늘
시를 읽지 않아도 행복한 날
진눈깨비가 내린다

거실에 무릎을 꿇게 하고
핸드폰을 빼앗아 버리고
종아리를 겨냥할 때,
내 다리가, 내 머리가, 내 가슴이
왜 뜨거워지는지 아버지는 모르겠다

낙타가 바늘구멍을
통과할 수 있다고 믿어보자

지금에야 알았다
너희들이 얼마나 대단한 일을 하는지를

내가 가르치는 아이들

늦은 밤
밤보다 늦게 잠이 들고

이른 아침
아침보다 먼저 세수를 한다

눈이 내리는데도
눈이 내리는 걸 모르고

사랑할 나이에
사랑받을 나이에
눈부신 새벽을 준비하는
청춘들을 만났다

마음이 가난해서
온몸에 담요를 두르고
밀려오는 잠과 지금 싸우고 있는 중이다

내가 가르치는
아이들이 살아가는 길은
날마다 따뜻한 봄 하늘이었음
좋겠다

수능 보는 날

사랑을 시작할 나이
사랑을 시작한 나이
어두운 독서실에 앉아 홀로 대화를 한다

우리들이 걸어가는 길은
일 년 내내 소소리바람이 불었다

모의고사 보던 날
어떤 친구는 점수에 울어 버리고
어떤 친구는 어머니에게 꾸중을 듣고
어떤 친구는 멀리 길을 떠나기도 했다

우리 청춘이
어리석다고 말하지 마라
우리 청춘을
온실의 화초라고 놀리지 마라

지금 우리는

몰아치는 바람에 잠시 놀랬지만
뜨겁게 내일을 걱정하는 중이다

지금 우리는
어제 내린 폭설에 잠시 울다가
염화칼슘을 뿌리고 있는 중이다

열아홉에

울증鬱蒸

가끔은
고속도로를 달리다가
휴게소에 들러 가락국수를 사주고
싶다

먹다가 면발이 좀 덜 익었거나
푹 퍼져 먹을 수 없더라도
웃으면서 어깨를 만져주고
싶다

잠들어 있는
모습을 알면서도

바다는 보일 거라고
바다가 보인다고
조용히 말해주고
싶다

수줍은 나무들

소리 없는 바람에도 가지가 꺾이고
온몸이 다 말라 피 한 방울 남지 않은 나무들은
처음 보았다
처음으로 어머니와 떨어져 보고
처음으로 휴지가 없어 쩔쩔매 보고
처음으로 맛없는 밥을 삼키면서
콧물을 줄줄 흘리며
사십 도가 넘는 고열에
소통이 되질 않아 몸은 뚱뚱 불어
움직일 수 없는 날에도
아무리 먹어도 먹은 것 같지 않고
아무리 난로에 온몸을 말려도
말린 것 같지 않은 날에도
조심조심
엄마도 없이 독서실 불을 밝히고
온몸을 구석구석 말리고 있는 나무들을 만났다
열두 시를 넘기면서
내일을 준비하는 수줍은 나무들은
처음 보았다

여름일기

연체동물처럼 흐느적거리며
돌아가지 못하고 있다
사랑하는 사람들에게로
커다란 가방에 차곡차곡 담아서
택배로 먼저 떠나보냈다
이별이라는 것쯤
너무 익숙해져서
눈물도 없이 돌려보내지만
여름 장마에
엄마도 없이 엎드려서
울었다
울었다
더운 여름날
땀내 나던 더운 여름날
도망가고 싶었던 땀내 나던 더운 여름날을
보내고
하얀 이를 드러내며
우리들은 다시 세상을 만난다

운동화

아무 데나 벗어 놓지 마라
정신줄을 놓을 만큼 힘들어도
아무 데나 벗어 놓지 마라

끈은 자물쇠처럼 동여매
숨이 차도 심전도 검사 한 번 못하고
먼 길을 돌아 와
온몸이 다 닳아

이제는 살아갈 날보다 남은 날이 적지만
신발장에서 말없이 기다린다

보고 싶은 친구를 마중하러 나갈 때
누군가를 기다리다 하루 해가 저물 때
어머니의 상여가 돌아나갈 때도

혹한의 눈보라에도
너는 나에게 있었다

4부 스팸메일

광화문에 가면 1

광화문에 가면 제일 먼저 서점에 들러 내 시집을 몰래 읽는다 아무도 안 읽어 주면 서운하게 생각할 것 같아서 가끔 가 본다 내 시집을 읽다가 모르는 사람과 눈이 마주 쳤다 아무도 만져 주지 않는 시집의 먼지를 털고 있었다 그 사람은 나와 똑같이 안부가 궁금했던 모양이다 시인은 배고프다는 어머니의 말씀이 광화문에 애국가처럼 울려 퍼진다 겨울인데 까닭 없이 먼지가 날려 내 얼굴에 박힌다

광화문에 가면 2

사람들마다
가슴에 행복을 키우며 산다

어떤 이들은 사랑을 찾고
어떤 이들은 돈을 찾고 있지만

나는 내 시집을 데리고
집으로 오고 있다

아무리 좌판에 내어 놓아도
인터넷에서 십 퍼센트 할인인데도
읽혀지지 않는 사랑들

어쩌면 좋을까
자꾸만 더 깊은 창고 속으로
걸어만 간다

어머니 말씀이

구구절절 모두 참이다
오늘도 광화문 가는
육백 번 버스를 탄다

스팸메일 1

우리 집 휴지통은 뚱뚱하다 날마다 항문을 옴짝거리며
아주 날카로운 바늘로 똥침을 놓지만 번번이 실패다 우리
집 안방은 요란하다 형형색색의 짧은 옷들이 원색을 자랑
하기도 하고 때로는 무이자로 대출을 해 가라고 강요하기
도 한다 왜 이리 수익이 많이 나는 펀드도 많은지 도무지
질과 양을 저울질 할 수가 없다 몇 번이나 괄약근에 힘을
꽉 주고 마우스로 그들을 끌고 간다 그러나 가끔은 호기
심에 몰래 들춰 보다가 아들의 발소리에 놀라 그들의 밥
줄을 움켜잡고 아무 일 없었던 듯이 책을 펴 놓고 눈치를
살핀다 요즘은 입맛을 잃었는지 녀석들이 게으름을 피운
다 병원도 가보고 입원도 시켜 보았다 의사의 진단에 의
하면 신종 바이러스 때문에 대수술을 받아야 하며, 어쩌
면 생명도 장담할 수 없다고 한다

아무리 휴지통을 비워도 휴지통은 뚱뚱하다 설사약을
먹여도 보고 이뇨제도 먹여 보고, 두통약을 먹여 봐도 소
용이 없다 이름도 모르는 사람들이 자꾸만 초인종을 눌러
댄다

스팸메일 2

아무리 기다려도
답장은 없다
우표를 사서
붙이고

등기우편에
속달
답장을 기다리다가
답장을 기다리다가
이메일을 띄워 보지만
읽혀지지 않는
내 사랑들

어쩌면 내 사랑도
스팸메일이 되어
휴지통으로 끌려가고 있을까

내 연서가
휴지통에서 지워지고 있다

다 저녁

두 시를 넘긴 오후
허름한 거리를 지나다가
휴대폰 속 오래된 추억들을
지우곤 했었다
한때는
같은 길을 걸어가던 사람들,
낯선 골목길에서 죄책감도 없이
버리고 돌아왔었다
세상에는 삭제해야 할 것이
너무 많아 망설임도 없이
새 것으로 갈아 치우는 일에
우리는 익숙해 버렸다
아무리 힘든 감기에도
항생제 몇 알만 처방 받으면
비 오던 날도 금세 맑은 하늘이
되어버렸다
우리들은 모르고 살아 왔었다
우리들이 버린 것들이 그물처럼 피어올라

우리들 갈 곳을 밝혀주기도 하고
설레게 하고
기다리게 하고
눈물 흘리게 한다는 것을
버려진 사랑들이
버려진 꿈들이
다 저녁 밀물처럼 밀려온다

가을 편지

가을에는
핸드폰으로 문자를 보내기보다는
되도록 눅눅한 편지를 써 보자
가을에는
이메일로 사랑을 보내기보다는
되도록 연필로 직접 사랑을 써 보자
가을에는
만나서 불쑥 내밀기보다는
우체국에 가서 우표를 붙여 보자
가을에는
빠른 우편으로 보내기보다는
보통 우편으로 붙여 보자
배달이 되지 않아 발을 동동 구르더라도
수취인 불명으로 되돌아오더라도
조금은 덜컹거리면서
조금은 사랑이 늦어지겠지만
가을에는
조금 긴 편지를 써 보자

가을날의 도돌이표

세상에 눅진 마음들을
넓게 펴서 말려 볼까 했더니
가을이 먼저 알고
드높은 곳에 새파란 옷들을 널어놓았다
한 편의 시도 곱게 펴서 널어놓고
잃어 버렸던 사랑도 곱게 널어놓았더니
잠자리가 가을인지 알고
고추 궁둥이를 내밀고 앉아 있다
세월엔 장사가 없다 하더니
한 계절 지나가는 것쯤이야
버스 한 정거장 거리도 안 되겠지만
눈 몇 번 깜박이면 한 해가 다 간다
나이 먹는 게 싫다고
말들은 많이 하지만
계절 끝에 내리는 첫눈을 보면서
늦은 가을날에 도돌이표를 그려 넣는다
지우개로 조금씩 지우면서
다시 써 보는

늦은 가을날의
도돌이표

구별久別

계절이 바뀔 때마다
사람들은 두꺼운 옷을 입는다
여기저기 오래된 상처들이
추억을 쏟아 낸다
연인들도 집으로 돌아가고
나무들은 숲으로 돌아가고
별들은 꿈꾸는 자의 가슴으로 발을 옮겼다
추억들만이 남아서
노란 은행나무 아래에서
노숙을 한다
계절이 가고 있다.
좀 더 두꺼운 옷을 입어야겠다
뚱뚱해 보이더라도
아물지 않은 이 구별久別을
감춰야 한다.
사랑은 탄성한계彈性限界
돌아갈 곳 없는 추억들만 남아서
이 가을에 낙엽이 된다

주머니 별

광화문 방향으로 한참을 걷다보면
여기저기서 냇물이 모여 강을 이루고 있었다
대다수의 사람들은
선배들이 일러 준 대로
교과서에 실려 있는 대로
돋보기를 들고 조심조심 걸어 왔지만
언제나 돌아오는 건
가도 가도 끝이 없는
굽은 길
노스님은 잊어버려라
마음을 비워버려라 하지만
흐르는 눈물을 닦을 수가 없다
어느 날
남의 말에 귀를 세우고 있다가
차곡차곡 곳간에 쌓아둔
밑천마저 다 잃어버리고
일확천금을 노려보지만
언제나 남아 있는 건

차가운 겨울바람에 말라가는
눈물뿐
자고나면 똑같은 하루를
다시 만나고
쓴 커피를 보약처럼 마시면서
쓴 소주 한 잔 마셔보려 하지만
아내의 낚싯바늘에 걸려
슈퍼맨처럼 날아오르다가
한밤중에 추락하는
불쌍한 물고기들,
하늘도 그만 놀라 함박눈을 내어 놓으면
우리들은 다시 주머니 속에 꼭 숨겨 둔
작은 별들을 만지작거리며
긴 강을 건너 광화문으로 간다

갑이별

그냥 지나가는
여우비라고 생각했다
사랑은
다 저녁 썰물쯤이라고
우리들은 저마다 전당포에
무담보로 수시로 사랑을 맡기곤 했다
계약이 만료되면
저당 잡힌 사랑도 찾아 올 수 있다고
믿었다
우리들 청춘은 끝나지 않을 것이라고
굳게 믿었다
대설주의보가 내려진
서울 변두리 골목길
언덕을 숨 가쁘게 오르다가
끝없이 쏟아지는
무담보 연체 통지서
주민등록은 오래 전에 말소되어
만날 수는 없지만

복리로 계산된
그리움들이
쏟아진다

빨래집게

봄은 꽃잎을 먹고
여름은 넘치는 강물을 먹고
가을은 추억을 먹고 산다

스무 살엔 사랑을 먹고
서른 살에 고단한 생활을 먹고
마흔 살엔 추억을 먹고 산다
빨래집게에 묶여서
가실 볕에
오랜 그리움을 말리는 빨래들

아무리 기다려도
밤하늘에 눈썹 하나만
그려놓고
사라지는 사랑

빨랫줄에 묶여
발만 동동 구르고 있다

이별

햇볕을 쐬다가
바람을 만나
펄럭이는 빨래들
주인은 돌아오지 않고
눈물도 다 말라가는
다 저녁
밤이슬과 놀다가
밤바람과 놀다가
쏟아지는 비바람을 피하지 못하고
혼자
빨랫줄에 걸려
후들거린다

결번

나는 지금은 없는
전화번호를 누르고 있다

지금 거신
전화번호는
없는 번호입니다.
확인하시고
다시 걸어 주십시오

통화가 안 되는 걸
알면서도
나도 모르게 수화기를 든다
잠을 못 잔다

내 사는 동안
다시 만날 수 없다 해도
핸드폰에 저장된 사랑을
지울 수는 없다

나는 아주 가끔
지금은 없는
전화번호들을 누르고 있다

돌아오는 길

직장을 그만 두고
짐을 꾸릴 때
사랑하는 사람을 눈 앞에서
떠나보낼 때
돌아갈 수 있는
길 하나
없으려나
혼자 왔으니
혼자서 걸어 가는게
마땅한 일인가
스님에게 아무리 여쭈어도
웃기만 하신다
세상이 온통
끈적거릴 때
너무 질척거려
한 걸음도 걸어 갈 수 없는 날에
우산도 없이
지도 한 장을 가지고
바다에 왔다

겨울을 보내며

계절이 바뀌던
어느 날,
해묵은 책들을 뒤적거리다가
쓰나미처럼 밀려드는
몸살이
삼백육십오 페이지마다
퍼져
해마다 마당 위에
하얗게 누었다가
아침에
조금씩 녹아나는
빗금들

일상의 고랑에서 풍작을

구 중 서
(문학평론가)

현대 사회가 날로 복잡다단해져 사람들의 일상 삶이 피로를 느끼고 예민해진다. 이러한 상황에서 시는 다분히 자극적인 감각으로 차 있고 정예한 시상들이 연발하는 화살처럼 하늘로 날아오르는 것을 우리는 흔히 보고 있다. 실로 시는 작품성 그 자체로 모든 것을 말하고 모든 것을 구현해 해설하는 논리가 따라붙을 필요도 없다는 듯이 자홀에 빠질 만도 하다.

그러나 이 현란한 예술로서의 시가 공중으로 날아가고 독자의 감동도 시간이 지나면서 점차 식어지고 나면 남는

것이 무엇인가. 감수성으로 너무 세련되고 정열의 치열성
이 극도로 난해함에까지 이른 그 다음에 남은 것은 별로
없는 경우들도 또한 허다하다.

　이러한 생각을 하면서 황동상 시인의 시들을 보면 시류
에 대조가 될 만큼 소박하고 어눌하고 여리다. 도전하며
나서는 기개와 달리 골목으로 뒷걸음쳐 들어가려는 듯한
일상의 모습이다.

　시가 차라리 화장하지 않은 맨살의 얼굴같은 것일 때,
촌스러운 듯 하지만 친근감으로 삶의 현장에 존재하는 시
로 느끼게 된다.

　　600번 버스를 타고
　　무심결에 앉아 버린 노약자석
　　풍선처럼 부풀어 가는 퇴근 길
　　밀려오는 피곤기에
　　어릴 적 병석에서 먹었던 흰죽처럼 퍼져가고 있었다
　　 -중략-
　　엠피를 하고 디엠비를 보고 게임을 하고 문자를 전송하
고 있다
　　노약자도 아닌데

　　　　　　　　　　　　　　　　　　　— 「노약자석」에서

전철에서는 비교적 잘 지켜지지만 만원 버스에서는 잘 안 지켜지며 좌석의 젊은이들이 딴청을 부리고 있는 현장, 피차에 어느 정도 민망한 일상적 분위기를 시로 형상화하고 있는 시인의 인간적인 모습이 보인다. 시의 출발이 지극히 일상적이고 고지식한 다음에는 발상의 비약을 시도한다.

시루에서 갓 건져낸
음표들

누군가가
오선지 위에 걸어 놓았다

언제나 높은음자리에서
아주 매운 연주가 범벅이 된다

인생을 저당 잡은 한 사람에게
따뜻한 사랑의 편지를 쓴다

살아 온 것보다
살아 갈 일이 너무 멀어
눈물이 날 때가 있다

이분음표 몇 개를 띄워 놓고
미움도 사랑도 독하게 섞어서
아침 밥상 앞에 앉았다

—「콩나물」전문

　아침 밥상에 놓인 고춧가루 얼큰하게 푼 콩나물국 한
그릇에 바치는 이 송가는 일상적 삶의 구체성 안에 언어
의 형상력이 풍요하게 펼쳐지고 있음을 알게 한다. 음표
들이 떠 있는 한 그릇 콩나물국 안에 살아 갈 먼 앞날까지
어른거리고 있다. 시는 이렇게 초월하는 의미의 힘인데
거기에 콩나물 시루같은 단서가 있을 때 풍선의 끈이 잡
히고, 그 부푼 풍선이 나의 것이 되는 것이다.
　나의 것, 나의 세계가 있을 때 삶의 갈피들을 더 자재롭
게 헤아릴 수 있다. 일률적인 경쟁제일주의에 갇히고 싶
지 않은 생각도 든다.

뜀틀을 이십오 미터 앞에 세워두고
모두가 도움닫기를 시작한다
선생님은 말씀하셨다
전력질주를 해야 더 높이 더 멀리 뛸 수 있다고
인생의 도움닫기는 한 번 뿐이라고

-중　략-

그러나

선생님 저는 그렇게 가르치지 않을래요

도움닫기를 하다가 넘어지거나

아무리 애를 써도 느릴 수밖에 없는 아이들에게

뜀틀 말고 다른 것을 가르쳐 줄래요

꼭 가르쳐 주신 순서대로 해야 하는 건 아니잖아요

기둥을 받치고 있는 수많은 작은 돌들은

생의 이유가 없는 건가요

　　　-중　략-

비록 지금은 더듬거리지만

더듬거리며 가르칠래요

시인이 얼마나 사람들을 행복하게 만드는지를

사람이 살아가는 이유가 무엇인지를

더듬거리며 말해 볼래요

　　　　　　　　　　　　　　　　　—「뜀틀」에서

　"쏜살같이 달려가서/손짚기를 하고 힘차게 발을 굴러/
공중으로 높이 뛰어올라/박수를 받으며 착지를 해 보고
싶었지만" 이권을 선점하고, 남의 것을 빼앗고도 우아하
게 착지를 하는 그런 경쟁의 세태를 시인이 좋아할 수가
없다. 외줄기 경쟁의 대열에서 이탈할 수 있는 자유는 얼

110

마나 큰 것인가. 인간의 목표는 이기는 것, 차지하는 것, 끝없이 많은 것을 추구하는 것이 아니다. 인간은 그가 무엇을 가졌느냐보다 그가 어떠한 사람이냐가 중요하다. 가장 분명한 것은 인간이 누구나 길지 않은 일정 기간을 살고 반드시 생애를 끝내게 되어 있다는 것이다. 인간의 이한계를 가장 잘 기억하는 이가 가장 인간적인 사람이다. 삶과 세계의 본질을 잘 보는 이는 온갖 유형적인 한계를 벗어나 정신적인 가치 그 자체를 사랑한다.

　　속초 가는 길에 휴휴암에 들러
　　지혜관음보살 앞에서 삼배를 올린다
　　서울에 살아서 그런지
　　가끔은 어머니 젖을 한 번 만져 보고 싶을 때가 있다
　　일 년에 대여섯 번
　　어머니 뵐 날이
　　이제 스무 날쯤은 될는지
　　어머니 옆에 누워
　　젖가슴에 손을 넣는다
　　멍석 같은 손이 내 얼굴을 만진다
　　내 새끼
　　내 새끼
　　속초 가는 길에 휴휴암에 들러

지혜관음보살 앞에서 백배를 올린다

—「휴휴암」 전문

　이것은 어머니에 대한 사랑이면서 인간에 대한 사랑이
고 관음보살에 대한 사랑이 겹쳐지며 진리에 대한 사랑이
다. '가치'라는 것은 결국 진리에 대한 사랑이다. 이렇게
황동상의 시는 비근한 일상 속에서 평범한 듯하면서 결국
주제의식을 확장해 가고 있는 것이다.
　이미 하나의 세계를 구축한 공간에서 자신을 더 완성하
고 풍요하게 하는 사념의 떡잎들을 조용히 흔들어 빛내고
있어도 된다.

　커다란 빗자루로
　마당을 쓸었습니다

　윤기가 나도록
　하늘부터 땅 끝까지
　세상을 닦아 놓았습니다

　어머니가 식구들을 기다리며
　밥상을 차리셨습니다

온 가족이 마주 앉아
저녁을 먹다가

마당으로 하늘로 달려 나가
아버지의 깊은 눈 고랑에 말없이 앉았습니다
　　　　　　　　　　　　　　—「목비」 전문

　자신의 공간을 정돈하는 일이 역시 유난스레 어려운 말
로 심각해지지 않아도 좋다. 자칫 현학적으로 허트러지는
사람들은 딴에 엘리트 의식을 갖는지 모르지만, 현대에
이르면서 철학마저도 엘리트주의 탓으로 보편적 가치를
향해 동행하지 못하고 하나의 심리학이나 논리학처럼 왜
소해져 있다.
　시는 숫되게 빗자루로 마당을 쓸며 하늘부터 땅까지도
닦고 싶어 한다. 어머니가 차린 밥상에 식구들이 모여 앉
고, 이미 세상을 떠난 아버지까지 그리워한다면 이 자리
에 더 보태야 할 그 무엇이 굳이 있겠는가. 빗자루와 밥상
이라는 현실의 사물이 존재와 삶의 뿌리가 되어 있다. 비
록 향기 나는 화장을 하지 않았더라도 최후의 가치 척도
는 오히려 현실이며 일상이다. 이 시집에서 미덕을 보이
는 시편들과 더불어 이 시인의 시작업이 계속 좋은 수확
을 나누어 주게 되기를 기대한다.